貓之閒記

鄭適毅 著

目次

星思 008
失眠之──馬桶 009
清明 010
這一路 013
含羞草 014
憶 015
噴天 016
媽媽生日住院的除夕 017
茉莉花 018
嗚呼 019
父親節 020
西歸 021
困 022
黃昏 023
夜雨寄花 024
兩條路 025
擬蝶戀花之不見亭 027
一斷 028
知否 029
寄花信 030
擬釵頭鳳 031
擬蝶戀花 033
一別經年再見班長再別 034
又是中秋 035
狂醉 036
Lost 037

最後的　038

邊飲邊唱　039

中秋夜之啊哈　040

春盡　041

擬如夢令　042

中秋夜之寄班長　043

夜疾　044

茉莉花　045

半夜登樓　046

蚊子或者貓　047

蚊子或者貓（下篇）　048

易別離　050

乘風　051

鏡子　052

鵲橋戀　053

2016元宵　054

十月初八的月光　055

年綿　056

問王安石　057

秋　058

失心　059

狂　060

一　061

永遠青春　062

無常無奈　063

冬雨　064

相知　065
為食龜　066
為食龜墓　068
月嘯　069
冷冷　070
普・特勒・丁　071
離別鉤　072
第一個沒有父親的除夕　073
酒不夠　074
鎖鏈　075
極盡　076
阿彌陀佛　077
點絳唇　078
不枉　079
逃醉　080
街瘋　081
空街　082
滅妖刀　083
有感無題　084
悼念金大俠　085
悼金大俠　086
嫲　087
阿嫲　088
問月　089
中元節　090
真情　091

送酒樽去遠海路遇賣酒人家又回海邊長嘯　092
春盡寄李後主　093
自由落體　094
無題之……無題　096
緣起　097
信仰　098
不歸路　099
雨漫漫　100
得過且過　101
冬至掃墓　102
茉莉　103
媽媽　104
痛飲　107
懶題　108
最冷一天　109
天仙臨　110
酒　111

星思

滿天閃星星
顆顆皆相思
夜深微風中
何妨淚沾衣

1990年5月10日　凌晨

失眠之——馬桶

我坐在馬桶對面
與馬桶一起沉思
我低著頭　它張著嘴
我沉默無語　它張口無言
我波瀾不驚　它古井無波
我沉思　為何失眠
它冥想　緣故是馬桶
我無語問蒼天
它無言問房頂
我和馬桶深深對視
看誰先
坐化成石……

2013年7月4日　凌晨4點

清明

之一

問我為何哭
秋瑩獨自苦
月照孤墳默
露映芳草枯

生不能盡孝
死無法共赴
年年傷心地
松柏風嗚嗚

2015年4月5日

之二

青青原野
綠綠初彩
絲雨如愁
飛花自在

心若已開
春或自來
漫無酒意
杏村開懷

2018年　清明

之三

一江春啤向東流

白雲容易飄成絲
春花轉眼送舊枝
瓣瓣紛紛飄飄飛
淅淅瀝瀝點點滴

落落稀稀淡淡下
熙熙攘攘營營役
東江不見舴艋舟
太白抽刀水變啤

2019年　清明

之四

清明便逢連夜雨
登樓卻憐春花瘦
迷惘不見遠方路
疫情阻隔愁更愁

孤墳漫漫野草沒
滿山茫茫鬼火幽

人生須醉應當醉
遙祭祖魂豈少酒

————2020年4月4日　清明

這一路

桃花依舊笑春風
含羞常對苦夏蟲
蕭瑟秋雨聽竹磬
淒清冬月舉杯空

2008年4月3日

含羞草

含愁默默風中擺
任憑繁華落滿懷
管那風雨來入夢
為誰含羞為誰開

2007年12月31日

憶

夜風幽然催淚下
故地獨醉蛛絲掛
猶記當時君離去
此心已是風飛砂

1996年

噴天

我本高陽酒徒
起舞長歌當哭
奔奔波波無怨
營營役役何辜

舊愁昨日如故
新月今夜似初
向天噴酒三口
還酹人生促促

2010年5月18日　夜

媽媽生日住院的除夕

煙火璀璨
似水流年
年年今夜
今夜無眠
君不見
高堂明鏡悲蒼顏
君不見
年華如電亦如煙
雲帆滄海俱往矣
九樓迎風一酒仙

2023年　除夕

茉莉花

之一

清麗幽雅
白如雲霞
暗香籠夜
怎可忘她

1997年5月2日　凌晨

嗚呼

似醉乎哪有醉乎
穩當兮最好扶扶
本貓仙酒量第一
再三杯打死老虎

危危乎摸不著邊
歸家路太空漫步
開門見夜叉橫眉
從今起全包家務

2015年底

父親節

曾
牽您的手
調皮左右

曾
抱您的頭
當是皮球

曾想
有天比您還高
令您驕傲

曾想
不再讓您辛勞
不再心操

曾想
……

今夜月圓
而我們
已無緣

2016年　父親節

西歸

秋風無情
葉落滿地
雲飛渺渺
月虧淒淒
痛鶴西歸
愛人東離
滿園覓盡
根已成泥
抬眼望天
今夕非夕

2014年10月

困

困於星空獨自癡
不是心知
不可明志

涼風送
秋風至
今夜太多亂盟
以我名之
以我名字

習習涼涼兮
孤孤清清兮
當年燭心何處尋
再回首
已是月落時

2021年　中秋夜

黃昏

夕陽秋雲半天紅
人約黃昏心狂動
魚雁已傳無回音
能否把酒共賞風

2004年　初秋

夜雨寄花

擬一剪梅

夜風瀟瀟秋雨灑
獨上高樓
看盡繁華
雲外他方衾似紗
立冬將近
細訴珍話
牛郎織女各天涯
兩地相思
一種牽掛
何當共擁一個家
為君披衣
西窗月下

1995年　晚秋

兩條路

這是一條漫長的路
寂寞的路
默默地承受
相思的獨奏

草屋邊小船依依
依依蕩漾著花之季節
你的氣息

回翔的海鷗
依舊曼妙展翅於晚霞
的落寞
你留下一屋灰色

窗臺上藍色茉莉花正在
沉思
窗外浪花輪換著執著與破碎
這是唯一的協調

撿起失落靈魂的酒杯
把懺悔深深斟滿
這刻,舉杯!祝福!
痛飲!

貓之閒記

漫漫地
把夕陽朝陽也喝倒
畫中
抱著貓的女主人去哪了

我明瞭
這條漫長的路
為你披衣的人不再是我
只有在風中的是我
在雨中的是我～

1997年

擬蝶戀花之不見亭

暮雨黯西暘
潮來潮去
孤舟草悠揚
粼粼波光風吹皺
瑟瑟紅霞映蕩漾

更一壺濁酒
舉杯邀天
與晚風同觴
不見亭內不見君
浪花浪湧流夕陽

2021年11月12日

一

斷

　　一刀割斷血管
　　那是靜脈
　　一語割斷情緣
　　那是動脈
　　一滴滴的鮮血
　　像初春的花蕾
　　一樽樽的米酒
　　是幹不盡的淚水
　　一段段的往事
　　似秋風聲聲
　　碎碎

1996年9月27日　中秋

知否

當時月明處
花香入我畫
月既不解飲
影徒隨身掛

之後月非月
從此花是花
經年望那圓
其中自有華

1997年　農曆10月8日

寄花信

冷冷寒雨夜
倍加思念時
欲訴別離情
茫然空對紙

團圓何團圓
相思複相思
但願執子手
再也不分離

1996年　春節前夜

擬釵頭鳳

惠花

甜酒窩
童心所
幽懷辛酸將心鎖

北風凶
心兒凍
何處停泊
何處擋風

凍
凍
凍

情不薄
忍花落
一無所有唯離索

明月夢
已成空
今生今世
獨醉風中

痛
痛痛
痛

1996年　晚秋

擬蝶戀花

醉立中宵霜滿天
疏星四野
伊人在天邊
寂寞樓高思量遍
孤單露寒玉影纖

料峭壁角雙偎燕
千里關山
何日兩手牽
只願夜夜夢中見
但卻偏偏不成眠

點晴兩句惠花信中作

1996年12月27日

一別經年再見班長再別

就茲一別
從此天涯
山何其高
風尤其大
路也漫漫
雨更沙沙
醉不怕深
只願長呀

2017年11月14日

又是中秋

明月夜
離別天
徒然一堆
畫面

花兒豔
風雨澆
銀河一輪
月梢

長是人咫尺
離是夜難留
高樓望
一江銀流
舉杯酹
十九載秋
金風中
還送啤酒

2015年9月27日

狂醉

　　米酒猛灌喉
　　哀慟心難收
　　強忍淚水湧
　　悲父更白頭

　　剛聞祖父逝
　　又見大哥囚
　　傷心人世間
　　如何消永愁

　　　　　　　　1992年5月6日　凌晨

Lost

繁華過後總是塵
明鏡台前非此身
自給自酌自逡巡
無癡無嗔無心人

2009年5月22日

最後的

難道相聚是為了分離
相愛是為了更加孤寂
那麼就讓玫瑰在這裡枯萎
讓心
從此破碎

難道最後的愛要這麼痛
淚要這麼放縱
那麼就讓一切在這裡結束
讓我
從此麻木

2001年4月30日

邊飲邊唱

唱遍人間繁華詞
常對空虛孤獨時
幹一樽美酒
忘一夜心事

唱遍人間失落詞
卻有漂泊滄桑事
幹一世米酒
盡一生失意

1996年5月22日

中秋夜之啊哈

感覺每年才來一次看我
就在今夜
只在今夜
你累嗎？

寬圓無邊的螢光
如飛瀑下的清澈
如海雲之初霞

如何在這美麗中死亡或重生
如何在空虛的圓與鉤寬和闊的度量阿衡上
尋覓酒量

啊哈
月
曰：
啊哈

2020年10月1日

春盡

靈魂浮世上癡狂癡狂
春盡人間
寂寞隨心意浪蕩浪蕩
花落滿園
抽一根迷茫
來幾杯惆悵
滿觴

月兒于天際忽閃忽閃
星雲飄幻
海風來輕撫蔚藍蔚藍
潮來潮往
泛波流霞光
何處是我鄉
獨唱

2017年6月

擬如夢令

天地

窗外更深雨滴
簾內冰涼床席
獨飲愁未停
何日歸來天地
天地天地
一片淒清孤寂

2005年3月17日　凌晨

註：從現實心理歷史天文物理研究學的角度，
　　天地，是愛巢，或者是出租屋。

中秋夜之寄班長

當年偷爬屋頂
星亮風爽痛飲
桀驁不羈你我
何懂人世艱辛
今夜雲收雨住
月灑兩地雙盈

2020年10月1日　中秋

夜疾

秋夜涼風仍在縫合難以喝醉的舊疾
特醇米酒持續彌補無盡失眠的夜寂
星光引領這段仿似前塵踏過之河溪
山雲縹緲間像前世忘憂定到之美地

樓高風清伴月明
星眸軟語飄青絲

明瞭
酒囊裡似乎裝不下不合時宜的花季
流星
宿命裡沉浮中也許散發游蕩於天際

2023年11月20日

茉莉花

其二

雨
滴在你嬌嫩的花瓣上
趁著白色,襯出透明

香
來自于你晶瑩的皎潔
淳樸無瑕,純淨無瑕

每一片花瓣
如每一片綠葉
都可醉人於……

千里之外
月夜之下

2019年7月2日

半夜登樓

一身酒氣流鼻涕
半夜登高為花期
左手煙來右邊樽
前仆後繼爬樓梯
上來天颱風似仙
高處原來不勝泣
乞噎……

2017年8月23日　凌晨3點

蚊子或者貓

假如我是一隻蚊子
我只吸你的血
讓你我相融
於是你我相通
拋卻永恆與剎那
我們
可以飛　自由的
甚至是翱翔

但查實
我只是一隻貓
每夜
仰望星空
傾聽遠方你的呼吸
黯然
慷卷身軀
去做一個夢
一隻蚊子的夢

2000年10月

蚊子或者貓（下篇）

去盡夜

每夜仰望星空
有淚滑落天際
拖著雪花的尾巴
纏繞不應該的應該

夜啊
容我狂放不羈
飲酒高歌縱舞
賜我寧靜孤單
聽風輕吟細唱

吟唱在思想之外
勞苦這副皮囊
何苦開始
何苦於斯

流於俗套的念
流在每個夜
不可避免的發生
直到兩腳一蹬

去盡的夜歸不來
歸來的是你的去盡
去盡
夜

2011年7月22日

易別離

草木不知當世事
秋風豈明人生意
香燭無由寄心念
薑花有香透幽迷

昨夜月光難再見
今宵星辰易別離
他生他方再舉杯
共邀雲漢應有期

2018年8月　最後一天農曆

乘風

忘憂酒中借
一醉千愁解
瓊樓玉宇高
乘風我去也

2001年4月9日

鏡子

凌晨四點幾
舉杯勸鏡子
同為世俗塵
何惜浮生思
白駒過雲煙
紅花消雨絲
滿觴盡觚中
閑秋未忘時

2014年10日

鵲橋戀

你我相隔著一條銀河

你在彼岸

我在此岸

我們都做著同樣的夢

你在我旁

我在你旁

不敢用愛的枷鎖把你束縛

只可鵲橋相見

你也彷徨

我也彷徨

不敢用一生的時間把你忘記

只能天天思念

天也蒼蒼

海也茫茫

2004年

2016元宵

煙花閃爍四周
細雨紛飛眼眸
幹一杯
莫上層樓

寒世滄桑幽憂
放浪狂歌風流
再千杯
煙雨難收

2016年2月22日

十月初八的月光

香魂夜
不應酒睒
還債世
怎可情接

香魂夜
無人能解
沉醉貓
舉杯幹也

生若離時誰盡歡
冬雨天街
獨醉風烈

十月初八月徘徊
星垂四野
只恨天蠍

2014年11月29日

年綿

年年苦思念
念思苦年年
綿綿情愛深
深愛情綿綿

2005年4月28日

問王安石

如何宵夜永
孤月酒相擁
瀟瀟風滿襟
遙遙思遠空

2005年　秋

秋

立秋已過
愛卻已深了
沒有楓葉飄飄
沒有秋雁啾啾
只有牽掛你的我
和著夜色和著思念
和著輕風和著忐忑
和著惆悵和著迷茫
和著心傷和著紛擾
和著啤酒和著香煙
和著愛你的心
獨醉

2004年8月12日

失心

你給了我什麼
讓我如此心動
那秋夜月盈空

你帶走了什麼
令我這般心痛
這冬雨寒風中

2000年11月19日

狂

從來笑我太瘋
一向無人能懂
借酒醉臥天地
管它順風逆風

2001年8月2日

一

一葉一如來
一杯一從容
一花一世界
一瓶一放縱
一樹一菩提
一酒一迷蒙
一生一饅頭
一人一馬桶

2018年3月2日

永遠青春

一片天真的海
一片無邪的洋
笑容在蹦蹦跳跳
淚水在哭哭鬧鬧
迎來是成長的輪迴
送別是自己的時光
不老是每天的容顏
永遠的青春

——記幼稚園門衛小李

2006年11月10日

無常無奈

生無緣
死同在
虛空杜鵑啼血開
蜚短流長莫予毒
長歌當哭愁難排

梁山伯
祝英台
笑盡塵世無常奈
自君化蝶追雲去
世間從此無真愛

——悼念粵劇女伶何海瑩為師白雲峰自殺2009年元宵

冬雨

夜雨纏綿窗邊敲
點滴悱惻心頭繞
竟夕聽雨數雨滴
一聲一聲酒樽少

2018年11月16日　凌晨

相知

半生緣來無相知
相知千里來相思
相思難解心恨不
恨不相逢未娶時

2000年10月31日

為食龜

從未想過你會離開
在此初月之夜
你這騙子
不是號稱萬年嗎

初見你走著小碎步
追著食物
這刻開始
你名叫
為食龜

看你花園漫步
與非洲蝸牛玩
不是比賽跑步
看誰先咬到誰

看你每天巡視整個樂園
我懂你在尋找
另一半
雖然至今
還不知道你的性別

明白你的離開
也是緣分的無奈
只恨你我從未痛飲過

此刻墳頭舉杯
來世同醉

把你葬在
我最愛的花前
為你
香滿一路……
一路向西
往生極樂

         2019年7月9日

註：粵語「為食」乃「貪吃」的意思

為食龜墓

未曾同你醉
酒卻永相隨
前世今生它
多少煙華悴

2020年7月3日

註：為食龜，生於1990年，逝於2019年7月9日

月嘯

滄海桑田難以笑
巫山雲海過眼消
曾經一醉月永盈
如今千古浪長嘯

2008年8月28日

冷冷

繁星滿天
月已歸
乾坤只剩涼
人間徒留冷
依稀歲月
熠熠生輝
閃過
你的眼睛
滿空星辰
昨夜

飄蕩浪跡
滿染戲劇風霜
染不白頭髮
卻滅了心芽
風依舊
星依舊
冷風中
茉莉花
為誰
開

2019年10月8日

普・特勒・丁

淋爾一杯鶴頂紅
祝爾全身得痛風
灌爾一杯香鴆酒
願爾不得進靈柩

澆爾一杯半步顛
許爾天天戴狗鏈
注爾一杯金屑毒
慶爾地獄永不出

2022年3月13日

離別鉤

花鎖初春眉
千紅暮蝶飛
聞香才覺一輪回
春盡幾時歸

料峭離別鉤
遠遠掛天穹
何事常鉤不常圓
為甚照無窮

2021年2月

第一個沒有父親的除夕

何處團年飯
陰陽相隔間
爆竹響滿城
餐桌默無言

漫天絲雨下
遍地淚花現
匆忙塵世緣
何生再相見

2015年2月18日

酒不夠

酒不夠
睡不透
茉莉花香
剎那無憂

舉杯尋明月
雲厭厭
終不見
許是人間亂

再一瓶
似神仙
紛擾紛擾
隨風散去似煙

2021年5月21日　晨

鎖鏈

鐵鍊一條鎖盛世
尸位素餐官倉鼠
買賣同類如豬狗
萬千冤魂噬爾骨

2022年2月20日

極盡

和服有損民情
鐵鍊無傷法令
我勸世人糊塗
鐮刀教貓清醒
極陽下必定暗
盡暗中迎黎明

2022年8月19日

阿彌陀佛

繁燈繡錦花滿襟
兒親繞膝笑盈輕
祝福

天涯漠漠貓爪印
海角蒼蒼嚎叫驚
我佛

2006年11月28日

點絳唇

酒醒午夜
寒風淒淒星滿天
獨酌窗邊
任香煙纏綿
流雲過盡
終究不成眠
淚濕面
忍想從前
冷冷酒樽淺

1997年1月29日　凌晨5點

不枉

默然將心藏
獨醉明月光
天賜知己君
此生已不枉

兩個傻情癡
一對瘋愛狂
永約天地久
至死相依傍

2004年

逃醉

逃不掉
醉還亂
就此一生無緣
抬頭望
孤星寒
獨自又對
長夜漫漫

不知何年

街瘋

街頭獨醉風中
此情有誰能懂
猶記永不言悔
仰天狂笑淚湧

2000年11月24日

空街

空街一樽酒
影隨月照浮

老鼠滿地竄
小強到處遊

商鋪全關門
馬路靜如休

新冠冠全球
舊愁愁戀鳩

垃圾桶邊坐
我同流浪狗

2020年2月10日　凌晨（廣韻）

滅妖刀

不理千年仇
只看今朝惡
屠戮本魔鬼
恐怖起兵戈

虐殺平民笑
斬首嬰幼樂
巴愚似中韭
被髮左衽剋

先撩者最賤
就如必死俄
掣起滅妖刀
蕩盡邪惡魔

2023年10月9日

有感無題

人間一夢回
徒留兩行淚
三生石上證
紅樓魂未歸

2020年4月2日　凌晨

悼念金大俠

之一

飛雪連天射白鹿
笑書神俠倚碧鴛
姑姑過兒成絕唱
盈盈沖哥終團圓

無忌趙敏結親日
喬峰阿紫了塵緣
大俠今朝謫仙去
世間繼有英雄傳

2018年10月31日　凌晨

悼金大俠

之二

孤身天涯路
仗劍江湖亂
獨墜斷腸崖
雙跳雁門關

大俠已出離
巨匠忽然還
遙望銀河爍
舉杯夜闌珊

2018年10月31日　凌晨

嫲

千錘百煉熬成婆
一扇一扇成睡魔
當時還見月圓圓
抬頭只有星閃爍

2018年6月1日

阿嬤

憑窗凝望雨
點點淅淅瀝
焚香祭祖嬤
玻璃滑水滴

少兒無牙齒
阿嬤嚼餵食
酷暑夜蚊蚋
終夜搖扇子

切切感恩心
何何報所以
哪得重回日
侍奉不分離

2020年農曆2月6日

問月

此夜街中明月
何妨相看對飲
悶兩杯星閃閃
幹一瓶雲隱隱

路燈幽怨沉默
衢道淒迷冷清
不知蒼茫太空
有誰與君同吟

不知何年

中元節

或許這是最後的相會
七月十五
曾經的遺憾
也許終究成單方面的
月圓

好嗎
安好嗎
我永遠在
陪伴到天亮

無聲的流雲
流淌著思念
風吹過
黃葉滿天
一地前緣

2018年8月25日

真情

情海深深
恨天沉沉
滔滔碧水
滾滾紅塵
緣訂三生
只求一吻
攜手桃園
與世無爭

2004年7月29日
寶筠共寫

風越吹越秋
酒更飲更愁
來一曲長嘯
去無盡深惆

送酒樽去遠海路遇賣酒人家又回海邊長嘯

不知何年

春盡寄李後主

落花春盡流水潺
飛燕雨歇浮雲幻
夕陽西下
獨自莫憑欄

芳草照晚
南柯荒園染
待到明春白頭見
酒已闌珊
人已蹣跚

2011年5月4日　晚

自由落體

此刻
自由落體……
並非為了丈量樓宇的高度
也非測試大地的硬度
更非驗證地心引力的強度
生命的刻度此刻還剩幾分之幾
歲月如河這是否最後一滴
幾秒時間回想一生
這顯然是比較匆忙地
但誰又能
如此時深刻的評判與反思
那曾經的人生
複雜而又身不由己

當
心理同生理
合作一致

當
感性與理性
達成共識

當
春花秋月
夏風冬雪

入懷時

此刻
自由落體……

2020年11月22日

無題之⋯⋯無題

那些年那些月
依然皎潔

如此風如此夜
仍立中宵

就此匆匆
或許慢慢

漫漫告別
告別深秋

2018年

緣起

圓來緣起性空
性空緣起無窮
無窮月光夜夜
夜夜輝耀宇中

2017年　中秋

信仰

有時月中天
以為應該圓
可惜婆娑葉
疑似故人原

朝朝又暮暮
生生與緣緣
菩提薩婆訶
眾生皆是○

2017年11月17日

不歸路

奈何橋前幹三杯
彼岸花裡夢兩回
孟婆殷勤把湯勸
執著米酒才對味

踏地虛無何處逃
望天混沌難以飛
也許從來一路狂
回首今生太多悔

　　　　　　　　　　　不知何年

雨漫漫

多麼的想
將你的名字化成那
美妙的雨聲
好伴我入眠
每一滴每一聲
都是催眠的音符
擁有你名字的雨夜
才是美夢的原野

多麼的不想
將你的名字化成那
無盡的雨聲
令我輾轉難眠
每一滴每一聲
都是思念的呼喚
在漫漫的雨夜
漫漫的失眠
隨著你名字的起伏
雨
漫漫

2005年　春

得過且過

某一天獨自尋和
某一天獨唱悲歌
再一天不需唱和
不需悲歌
得過便且過

1993年6月5日

冬至掃墓

一於前塵未知處
返回照看葬花人
虛無中來虛無去
回首來時夜更深

2020年　冬至凌晨三點

茉莉

聞了花香
忘卻秋濃
終有常綠
不似金風

　　　　　某年

媽媽

小時候
感覺媽媽是個兩面人
如硬幣的兩面
一面是天使
一面是夜叉

您既慈祥和藹
又嚴謹兇狠
不拘一格的鞭打
瘋魔棍法
還仔細調理傷口
捈藥包紮

長大後
才明白
父母的艱辛
尤其在某個年代

整個宇宙
浩瀚星海

只有您
是我唯一的
根源

失去了根源
我只是那

無垠的星空
蒼茫而虛無
就是那

白雲似蒼狗
飄浮永無定
就像那

綿綿細雨飄
何處尋蹤渺

不再去想
只是那
就是那
就像那

多麼紛擾

您只是我
至死方休
的
愛

我的媽媽

2024年1月19日

痛飲

月夜高歌誰明瞭
傷心前塵鬼知曉
且把大海當酒杯
更盡千杯管明朝

2003年5月

懶題

　　幽幽訴說　幾許閒愁
　　娓娓道來　一段心揉
　　又如夢囈　仿佛魂遊
　　恍若人生　何脫自囿
　　阿彌陀佛　上帝保佑

　　　　　　　2011年6月27日　凌晨

最冷一天

顫抖雙手
虛空祈求
怎忍相隔
陰陽兩頭

最冷一天
霹靂閃電
天崩地裂
無盡夢魘

繁華霓虹
絲絲秋風
蝕透入骨
樓高星空

2014年　農曆8月30日

天仙臨

當年曾照
依稀花影
疑似天仙飛臨
那時月明
風清把酒共鳴

今夜遙對
仿佛夢境
樓高目斷疏星
芳草無垠
小雨獨酌天清

2015年11月19日

酒

此乃高雅品
亦是俗中樂
喜時同歡笑
愁來獨墮落

太白不接旨
唐寅桃花歌
何必和光塵
醉眼望星河

2020年2月22日　凌晨

```
國家圖書館出版品預行編目

貓之閒記 / 鄭適毅著. -- 臺北市：獵海人,
   2024.12
   面；  公分
   ISBN 978-626-7588-07-9(平裝)

863.51                          113019148
```

貓之閒記

作　　者／鄭適毅
出版策劃／獵海人
製作銷售／秀威資訊科技股份有限公司
　　　　　114 台北市內湖區瑞光路76巷69號2樓
　　　　　電話：+886-2-2796-3638
　　　　　傳真：+886-2-2796-1377
網路訂購／秀威書店：https://store.showwe.tw
　　　　　博客來網路書店：https://www.books.com.tw
　　　　　三民網路書店：https://www.m.sanmin.com.tw
　　　　　讀冊生活：https://www.taaze.tw

出版日期／2024年12月
定　　價／250元

版權所有‧翻印必究　All Rights Reserved
Printed in Taiwan